Michael Wolf

Nabonga

Das Geheimnis im Wald

KRYPTO
FICTION

Twilight-Line Medien GbR
Obertor 4
D-98634 Wasungen

3. Auflage, 2015
ISBN 978-3-96689-093-9

Reisetagebuch

Noch 1 Tag

Seit etwas mehr als einem halben Jahr stand fest, das wir als kleine Gruppe zwei Wochen gemeinsamen Abenteuerurlaub verbringen wollen. Abseits der Zivilisation, unseren Frauen und Freundinnen, dem Job und dem alltäglichen Trott, in dem wir uns wie in einer Tretmühle bewegen. Zwei Wochen in der Wildnis, beinahe unberührte Natur und keine Menschenmassen, wie man diese an den üblichen Urlaubszielen überall antrifft. Nach diesen Kriterien haben wir gesucht, um unseren gemeinsamen Abenteuerurlaub zu planen. Eine Tour durch Bergwälder schwebte uns von Anfang an vor.

Nach einigen Diskussionen und Budgetplanungen, die hauptsächlich unser Ziel bestimmten, hatten wir eine grundlegende Vorstellung davon, nach was wir suchten. Mit unserem Plan suchten wir im Internet und auf einschlägigen Reisewebseiten nach passenden Locations für unser Vorhaben. Schließlich fanden wir genau das, wonach wir suchten. Die Bilder und Beschreibungen waren perfekt. Ein hohes Gebirge mit gemäßigtem Klima, Flussläufen und schier unendlichen Wäldern. Dazu noch recht einfach zu erreichen und dennoch touristisch nicht zu ausgeprägt. Ein Reisedienstleister für Abenteuerreisen bot die entsprechende Tour an und würde für alle nötigen Vorbereitungen sorgen. Unser Ziel war der Kaukasus, eine Hochgebirgskette zwischen Georgien und Russland.

Die letzten Wochen habe ich in heller Vorfreude damit zugebracht, mir eine entsprechende Ausrüstung zu besorgen. Fotoapparat und Videokamera, dazu ein Solar-Ladegerät für die Akkus, denn wir würden mehrere Tage keine Gelegenheit zur Aufladung haben. Dazu ein gutes Zelt, ein guter Schlafsack und wetterfeste Kleidung. Es war zwar Juli, aber dies schützt im Zweifelsfall nicht vor schlechtem Wetter.

Morgen in aller Frühe soll es endlich losgehen. Meine Sachen sind gepackt, alles weitere auch geregelt, wenn ich in den kommenden beiden Wochen unterwegs sein werde. Katrin wird mich morgen Früh nach Frankfurt zum Flughafen fahren, von dort aus geht es endlich los ins Abenteuer. Dort werde ich mich dann auch mit meinen Kumpels treffen, mit denen ich die kommenden beiden Wochen verbringe. Ich bin tierisch aufgeregt, doch ich werde versuchen wenigstens noch ein paar Stunden vorab ein wenig Schlaf zu finden. Die letzte Nacht im heimischen Bett, die letzte Nacht für die kommenden Wochen, um noch einmal Katrin nah zu sein.

Tag 1

Vor Aufregung eher schlecht geschlafen, geht es in aller Frühe los in Richtung Frankfurt am Main zum Flughafen. Katrin fährt mich hin und lädt mich im Parkhaus aus, noch eine kurze Verabschiedung und meine Sachen aus dem Kofferraum geholt, schon kann das Abenteuer losgehen. Die nächsten beiden Wochen bedeuten auch Verzicht auf das gewohnte Leben.

Mit meinem gut gepackten Rucksack auf dem Kofferkuli startet mein Weg zu Terminal 1, wo ich mich mit meinen Mitreisenden treffen werde. Treffpunkt ist die Halle bei der großen Anzeigetafel. Offenbar bin ich jedoch nicht der Letzte unserer illustren Reisegruppe, denn dort treffe ich nur auf Andreas, der kurz zuvor angekommen war. Nach einer kurzen Begrüßung mussten wir also noch auf Klaus, Jan und Michael warten, bevor wir uns zum Flug nach Tiflis einchecken können.

Nach etwa einer halben Stunde an Wartezeit treffen auch Andreas und Michael ein, die gemeinsam angereist sind. Kurz darauf taucht endlich auch Klaus auf, der seinen Weg mit der Bahn begonnen hatte. Nun waren wir als Gruppe endlich komplett und können mit unserem Vorhaben starten. Also die Tickets rausgekramt und ab zum Schalter. Noch den Rucksack als Gepäck aufgeben, schon geht es durch das Gate zum Wartebereich auf den Flug.

Während wir auf das Boarding warten, um endlich ins Flugzeug zu kommen, besprechen wir noch einmal grob unser Vorhaben in den nächsten Tagen. Sobald wir in Tiflis gelandet sind, werden wir auf unseren Kontakt und Fahrer treffen, der für uns die wichtigsten Dinge vor Ort bereits vorbereitet hat. Lebensmittel und Fahrzeug stehen also bereits zur Verfügung, so dass wir im Laufe des Tages noch unsern Startpunkt für die ausgedehnte Bergwandertour erreichen werden. Auf unserer Karte ist unsere Route für die nächsten 14 Tage markiert, mit einem recht guten Zeitplan. Eingeplant ist eine tägliche Wanderstrecke von 25 Kilometern. Nicht zu viel Strecke, angepasst an die Landschaft mit dem bergigen Gelände. Wir rechnen mit einer täglichen Zeit für die Streckenbewältigung von etwa 6 Stunden, also auch noch genug Zeit, um sich in der freien Natur wohlzufühlen und das Land zu entdecken. Und natürlich genug Zeitreserve, um ein gutes Nachtlager zu finden und aufzubauen. Immerhin haben wir nicht vor wie Bear Grylls auf einen totalen Survival-Trip zu gehen, sondern um uns vom täglichen Trott mit etwas Abenteuer in der freien Natur zu erholen.

Schließlich wird unser Flug aufgerufen und es geht an Bord der Maschine. Unser Abenteuertrip in den Kaukasus beginnt.

Der Flug mit dem Airbus war angenehm und verlief ohne Zwischenfälle. Inzwischen ist es Mittag, als wir in Tiflis landen. Nach Verlassen des Flugzeugs geht es noch zur Gepäckausgabe, wo wir unsere Rucksäcke wieder erhalten, dann weiter zur Passkontrolle bei der Einreise. Nach Erledigung der Formalitäten geht es schließlich zum Ausgang, wo wir bereits erwartet werden. Direkt bei der Ankunft steht ein Mann, etwa vierzig Jahre alt und hält ein Schild, auf dem unsere Namen stehen. Also gehen wir direkt auf ihn zu und stellen uns vor. In leicht gebrochenem Deutsch werden wir begrüßt und der Mann stellt sich vor. Sein Name ist Yuri, er wurde von unserem Reiseunternehmen beauftragt, alles für unsere Tour vor Ort zu erledigen. Außerdem wird er uns fahren und am Ende unserer Tour auch wieder abholen und zurück zum Flughafen bringen.

Nach der Begrüßung packten wir unser Gepäck und es ging quer durch Halle zum Ausgang. Auf der anderen Seite der Zubringerstraße war der Parkplatz, den wir nun ansteuerten. Dort angekommen führte uns Yuri zu einem etwas in die Jahre gekommenen VW-Bus, in den wir unser Gepäck verstauten. Ebenfalls mit an Bord waren mehrere Kartons, in denen sich unsere Marschverpflegung für die kommenden Tage befand. Yuri hatte wirklich an alles gedacht, denn viele der Lebensmittel hätten wir gar nicht über den Zoll bekommen. Aber Yuri hatte großzügig alles besorgt, was wir in den nächsten Tagen benötigen werden. Soweit war die Organisation sehr gut ausgeführt.

Mit dem VW-Bus ging es dann los, denn unser Ausgangspunkt für die Tour befand sich noch ein großes Stück entfernt. So führte uns unser Weg weiter in die Stadt Ambrolauri, am Fuße des mächtigen Kaukasus, wo wir die nächste Nacht in einem Hotel verbringen, bevor es in den frühen Morgenstunden weitergeht.

Nachdem wir uns im Hotel einquartiert haben, inzwischen ist es bereits Abend, treffen wir uns noch zu einem landestypischen Abendessen mit Yuri in einem Restaurant, das gegenüber dem Hotel liegt. Neben dem Essen gehen wir gemeinsam mit Yuri vor allem noch einmal im Detail unsere Route für die kommenden beiden Wochen durch. Die Route führt vom Startpunkt aus auf einem Rundweg durch die Bergwälder am Fuße des Großen Kaukasus, also nicht direkt ins Hochgebirge, aber auf einer schönen Strecke, die auch den einen oder anderen Blick auf den majestätischen 5200 Meter hohen Berg Schchara gewährt. Dieser Gipfel dient uns als Wegmarke. Yuri führt uns aber nicht nur die einzelnen Stationen unserer Tour auf, sondern ermahnt uns auch, dass wir uns an die allgemeinen Verhaltensregeln halten sollen. Dies vor allem, da es im Gelände viele wilde Bären und auch Wölfe gibt. Wichtig ist, dass wir uns nicht unnötig trennen, keine Nahrungsmittel offen liegen lassen und vor allem nachts immer in der Nähe des Lagerfeuers zu bleiben. In der Regel meiden Bären als auch Wölfe den Menschen. Sollten wir dennoch einmal einem begegnen, heißt es Ruhe bewahren und sich nicht dem Tier zu nähern, sondern möglichst ruhig und ohne aufzufallen auf Abstand zu gehen. Sollte es dennoch einmal zu einer Konfrontation kommen, so trägt Jan ein Jagdgewehr bei sich, für das er eine Lizenz erhalten hatte. Yuri hatte die Waffe ebenfalls besorgt und im Fahrzeug untergebracht. Wichtig ist, nicht auf das Tier zu schießen, sondern einfach in die Luft zu feuern. Dies aus gutem Grund, denn durch den Schuss werden die Tiere in der Regel verschreckt und fliehen in wilder Panik. Schießt man allerdings auf das Tier und verletzt dieses nur, wird das Tier aggressiv und wird angreifen, um sich zu verteidigen. So gab uns Yuri auch die eine oder andere Anekdote mit auf den Weg, die er selbst dort in den Bergen erlebt hatte.

Je weiter der Abend voranschritt, desto mehr Geschichten über die Berge und deren Bewohner gab Yuri zum Besten, was nicht zuletzt wohl auch an den vielen Drinks lag, die es heute Abend gab. Schließlich erzählte uns Yuri auch ein paar Schauergeschichten über Berggeister und unheimliche Wesen, die schon dem einen oder anderen Wanderer in den Bergwäldern erschienen sind. Diese Wesen, Almas, seien sehr scheu, diese zu entdecken sei ein wahres Glück. Er selbst habe auch nur viele Geschichten über diese Wesen gehört, sei aber in mehr als zwanzig Jahren niemals solch einem Wesen begegnet. Wir sollten uns also keine Sorgen machen.

Inzwischen war es weit nach 22 Uhr geworden, Zeit für die Koje, um morgen recht zeitig zu starten. Also ab ins Hotel, noch kurz verabschiedet und ab aufs Hotelzimmer. Die große Portion des Abendessens liegt mir schwer im Magen, so dass ich jetzt müde bin und sicher schnell einschlafe. Ich bin auf den morgigen Tag gespannt.

Tag 2

Es ist gerade einmal 4.30 Uhr, als mich das Summen des Weckers aus meinen Träumen reißt. Hundemüde quäle ich mich aus dem Bett, ziehe mich an und mache mich fertig. Um 5.00 Uhr ist Treffpunkt unten im Speisesaal am Frühstücksbuffet.

Mit einem starken Kaffee sind die Lebensgeister wieder geweckt. Wir holen unser Gepäck aus den Zimmern, während Yuri für uns aus dem Hotel auscheckt. Ich blicke in die Runde, aber auch Michael, Jan, Klaus und Andreas sehen noch ziemlich mitgenommen aus. Nur Yuri lächelt und scheint voller Energie zu sein. Schließlich geht es zum VW-Bus, der uns noch ein gutes Stück weiter bringt.

Über eine holprige Straße geht es weiter, erst durch ein Dorf, dann noch ein Dorf, hinein in einen Wald. Hier schließlich hält Yuri auf einer breiten Lichtung. Wir sind am Ziel. Also aussteigen, den Proviant in den Rucksäcken verstauen und die Checkliste noch einmal durchgehen, dass wir ja alle wichtigen Ausrüstungsgegenstände dabei haben. Inzwischen ist die Sonne aufgegangen und zwischen den Bäumen wabert ein leichter Dunstschleier. Anschließend packen wir die Rucksäcke auf den Rücken, verabschieden uns von Yuri, der uns in zwei Wochen an dieser Stelle wieder abholen wird, und marschieren los.

Unser erstes Teilstück führt uns durch ein dichtes Waldgebiet, der Weg vor uns ist dabei eher ein seit langem genutzter Trampelpfad durch das Gelände. Der leicht ansteigende Pfad geht auf die Dauer ganz schön in die Beine, dafür wird man aber auch mit einer herrlichen und kaum berührten Natur entlohnt. Zwischen Hügeln mit dichtem Baumbestand gibt es auch immer wieder Windungen im Pfad, um kleinen Felshängen und Schluchten auszuweichen. Viele kleine Rinnsale und Bäche kreuzen unseren Weg, etliche davon nicht einmal auf unserer Geländekarte vermerkt. So zogen wir den ganzen Vormittag durch diese schöne und wilde Landschaft, redeten wenig miteinander und hingen dabei wohl alle eigenen Gedanken nach.

Auf jeden Fall haben wir während der vergangenen Stunden ein gutes Stück unseres Tagesplans geschafft, so dass wir uns erst einmal für den Nachmittag etwas mehr Zeit gönnen können, um eine längere Rast an einem kleinen Flusslauf einzulegen.

Nun sitzt man hier, redet ein wenig über Gott und die Welt, hängt seinen Gedanken nach, doch im Hintergrund spiegeln sich immer wieder die Worte von Yuri wieder, der uns vor Bären und Wölfen warnte. Und an die Geschichten von ein paar Bergwanderern, die spurlos verschwanden und vermutlich durch eigenen Leichtsinn Opfer von Bären wurden.

Nach der ausgedehnten Pause wurde es dann auch wieder Zeit, um die letzten Kilometer auf unserem Tagesplan zu absolvieren. Ein kurzer Blick auf die Karte, wohin der Pfad nun führen wird, schon geht es weiter. Beim bisherigen Tempo würden wir recht zeitig unser Tagesziel erreichen, um dort unser Nachtlager aufzuschlagen.

Und tatsächlich, wir erreichten unser Etappenziel sogar früher als geplant. Eine schöne Lichtung mit einem kleinen Tümpel, ideal für die Zelte. Zudem zeigte uns eine alte Feuerstelle, wo der perfekte Platz für unser Lager ist. Also auspacken, die Zelte aufbauen und vorbereiten, Feuerholz zusammentragen und die Landschaft und Ruhe genießen. Wir waren mit allen Vorbereitungen fertig, also erkundeten wir noch ein wenig das Gelände um unseren Lagerplatz herum.

Als es dämmerte entfachen wir das Lagerfeuer und starren wie gebannt in die auflodernden Flammen. Dieses Feuer wird unsere Nacht erhellen und hoffentlich alle wilden Tiere von uns fernhalten.

Nun wurde es stockdunkel, so dass man keine zehn Meter weit zwischen den Bäumen sehen konnte. Zeit für ein paar Getränke und Würstchen am Holzspieß. So saßen wir dann da, erzählen von unseren Jobs, Kollegen, der Familie und anderen Dingen, die uns bei den Themen so durch den Kopf gehen. Nichts außergewöhnliches, eben jener Gesprächsstoff, den wir auch sonst haben.

Heute Nacht werden Michael und Andreas abwechselnd Wache am Feuer halten, damit die Flammen nicht ausgehen. Wir anderen ziehen uns schließlich in die Zelte zurück. Ich bin doch recht geschlaucht und freue mich auf meinen Schlafsack.

Tag 3

Ich war am gestrigen Abend schnell eingeschlafen, der Tag war doch anstrengend gewesen und forderte seinen Tribut. Aber gut geschlafen habe ich eigentlich nicht. Mehrfach in der Nacht wurde ich wach, da verschiedene Geräusche mich weckten. Einige Male hörte ich dumpfe Schläge in einiger Entfernung, so als ob jemand mit einem massiven Stock auf Holz schlägt. Dieses Geräusch schien mehrfach aus verschiedenen Richtungen zu kommen. Ich habe dem aber nicht weiter an Bedeutung beigemessen, da ich an unsere Nachtwache dachte, die wahrscheinlich für die Geräusche verantwortlich waren, wenn neues Holz ins Feuer gelegt werden musste. Und einmal wurde ich aufgeschreckt, da ich eine Art Pfeifton hörte, der irgendwo in der Nähe meines Zeltes ertönte. Abgesehen von dieser Geräuschkulisse war die weitere Nacht ereignislos.

Die Sonne war bereits aufgegangen, als ich schließlich die anderen Teilnehmer unserer Gruppe hörte, die sich langsam zusammenfanden und sich für ein Frühstück bereitmachten. Hier habe ich mich natürlich angeschlossen. Der Pulverkaffee, der in der Kanne am Lagerfeuer mit kochendem Wasser angerührt wurde, schmeckt bitter, belebt aber ungemein. Zwei Becher von dem starken Getränk, schon kann der neue Tag beginnen.

Unser Gesprächsthema waren vor allem die nächtlichen Geräusche, die jeder von uns wahrgenommen hatte. Michael und Andreas hatten wohl auch versucht mit den Taschenlampen in der Nähe des Lagers die Ursache zu entdecken, haben sich aber aus Sicherheitsgründen nicht vom Lager entfernt. Vielleicht war es ja ein Bär, der während der Nacht um unser Lager herumgeschlichen ist.

Nach dem Frühstück noch eine kurze Lagebesprechung, wohin der Weg heute führen wird. Vor uns lag eine Strecke von 25 Kilometern Länge, die an einem Berghang entlang in ein Tal führt. Unser nächstes Lager befindet sich im Tal. Also hieß es nun alles wieder abzubauen und zu verpacken, damit es weitergehen kann.

Heute müssen wir uns etwas ranhalten, denn die Sonne steht bereits hoch am Himmel, als wir endlich losmarschieren können. War der gestrige Weg noch sehr gut zu bewältigen, geht es heute in eher felsiges Gelände und bergab. Das Gelände ist eindeutig schwieriger zu bewältigen, bietet aber eine tolle Landschaft und kilometerweite Ausblicke auf die gewaltige Bergkette des Großen Kaukasus, der eine natürliche Barriere zwischen Georgien und Russland darstellt. Ein fantastisches Panorama, das ich versuche mit meiner Kamera einzufangen.

Da wir bereits spät dran waren, verzichteten wir auf eine Mahlzeit am Mittag, um noch vor Sonnenuntergang einen guten Lagerplatz zu finden. Wir folgen dem Pfad immer weiter, der uns immer mehr weg von der Zivilisation in kaum berührte Wildnis bringt.

Inzwischen war Nachmittag und unser markiertes Ziel auf der Karte nicht mehr fern. Der Abstieg im felsigen Gelände ist anstrengender als erwartet, aber für solch ein Abenteuer sind wir schließlich hier. An einigen Bäumen haben wir noch relativ frische Kratzspuren entdeckt, teilweise in Kopfhöhe, die von Bären mit ihren mächtigen Krallen stammen. Dies macht uns wieder bewusst, dass hier nicht der Mensch regiert, sondern die Natur. Nur wenige Jäger und Bergwanderer verirren sich in diese Gegend. Majestätisch schweben große Raubvögel über den Himmel, deren Rufen manchmal das Zwitschern der Vögel übertönt.

Wir haben fast unseren Zielpunkt für heute erreicht, als wir das bekannte Klopfen hören, das uns bereits aus der letzten Nacht bekannt war. Aber nicht nur einzelne Schläge, sondern es schien eine Art Kommunikation zu sein. Hinter uns ertönte ein lautes Klopfen gegen einen Baumstamm, zwei Klopfgeräusche folgten ein weiteres Stück voraus. Ein drittes Klopfen schien von einem der Hügel an unserer rechten Flanke zu kommen. Danach kehrte wieder Stille ein. Überrascht versuchten wir die Ursache der Geräusche zu erspähen, konnten jedoch nichts ausmachen. Weder eine Bewegung im weiteren Umkreis, sofern es der Blick zuließ, noch andere Erklärungen, woher diese Geräusche stammen. Ratlosigkeit macht sich breit.

Kurz darauf erreichten wir den Punkt, der auf unserer Karte unseren heutigen Lagerplatz markierte. Es handelt sich um einen großen Platz, der rundum von Wald umgeben ist. Etwas weiter hinten, am Waldrand, befinden sich die Reste einer eingestürzten Jurte, einer Art primitiver Hütte, die wohl ehemals Jägern als Unterschlupf gedient haben mag. Jetzt war das Gebäude auf einer Seite eingestürzt und dickes Moos breitet sich auf den zum Bau verwendeten Brettern und Holzstämmen aus. Hastig schlagen wir in der Mitte des Platzes unsere Zelte auf und sammeln Brennmaterial für die Nacht. Und schon nach kurzer Zeit prasseln die ersten dicken Äste im Lagerfeuer.

Als es anfängt richtig zu dämmern, nehmen wir unsere Mahlzeit zu uns. Es gibt Ravioli in Tomatensoße, frisch aus der Dose, aufgewärmt in der Glut des Lagerfeuers. Für unsere hungrige Meute ein Festmahl. Dazu gibt es warmen Tee, denn Teebeutel nehmen im Gepäck weniger Platz und Gewicht ein, als wenn jeder von uns dutzende Flaschen in seinem Rucksack transportieren müsste. Nur eine einzige Flasche schleppt jeder von uns mit sich herum, eine große Flasche Vodka. Dabei dient der Vodka nicht nur als Getränk, sondern auch zeitgleich als Desinfektionsmittel bei Verletzungen und möglicherweise als Zündhilfe, wenn das Feuer nicht so recht anspringen möchte. Heute Abend gibt es aber für jeden einen guten Schluck im Becher, der vor der nächsten kühlen Nacht ein wenig aufwärmt und auch beim Einschlafen hilft.

Heute Nacht war ich mit der Nachtwache dran, bis mich Klaus gegen 1.00 Uhr ablösen soll. Doch dazu sollte es nicht mehr kommen. Gegen Mitternacht fing das Klopfen wieder an, worauf alle aus ihren Zelten gekrochen kamen. Und wieder kam das Klopfgeräusch aus mehreren Richtungen. Unser Gewehr lag für den Notfall immer in Griffweite für die Nachtwache, wurde allerdings bis jetzt nicht benötigt. Nun griff sich Jan, der privat auch im Schützenverein tätig ist und die Lizenz für das Gewehr besitzt, das Jagdgewehr. Aber außer den Klopfgeräuschen schien nichts weiter zu geschehen.

Tag 4

Nach dem Erlebnis der letzten Stunden mit den undefinierbaren Klopfgeräuschen, die etwa für dreißig Minuten lang erklangen und dann ebenso plötzlich aufhörten, saßen wir alle noch ein wenig am Lagerfeuer und grübelten über die Ursache der Geräusche nach. Bären waren dafür wohl nicht verantwortlich, auch sonstige natürliche Geräusche waren für uns nicht wirklich plausibel. Während wir so um das Feuer saßen und uns unterhielten, versuchten wir im halbwegs sichtbaren Bereich etwas zu entdecken, was aber in der Dunkelheit so gut wie unmöglich war.

Inzwischen war es gegen 2.30 Uhr geworden, doch weitere Klopfgeräusche aus der Dunkelheit waren nicht mehr zu vernehmen. So zogen wir uns in unsere Zelte zurück. Die letzten Stunden bis zum Sonnenaufgang war nun Klaus an der Reihe, um auf unser Feuer zu achten und die Augen offen zu halten.

Ich weiß nicht wie lange ich geschlafen habe, aber draußen war es immer noch dunkel, als mich ein Geräusch aufweckte. Ganz in der Nähe meines Zeltes vernahm ich eine Art Stimme, die mehrmals ein Wort zu rufen schien. Ich konnte aber die Sprache nicht erkennen, die kehligen Laute hörten sich asiatisch oder afrikanisch an, das Wort klang wie ein tiefes und langgezogenes „Nabonga“. Also richtete ich mich im Schlafsack auf und versuchte zu lauschen, ob sich vielleicht einer meiner Kumpels hier einen makabren Scherz erlaubt. Aber scheinbar schien außer mir niemand dieses Rufen zu vernehmen, denn außer dem gelegentlichen Ruf blieb alles still. Ich dachte mir, dass dies der Ruf einer Eule sein könnte. Nach einigen Minuten verstummte dann auch der Ruf wieder und kurz darauf schlief ich wieder ein.

Langsam wachte ich auf, inzwischen war die Sonne aufgegangen, als ich vor meinem Zelt die Stimmen von Andreas, Klaus und Michael vernahm. Andreas war etwas aufgeregt. Also kroch ich aus meinem Schlafsack und dem Zelt, um zu erfahren was denn los ist. Doch das sich mir bietende Bild war beunruhigend.

Andreas hatte am gestrigen Abend seinen Rucksack mit ins Zelt genommen, doch als er vorhin aufwachte, war sein Rucksack nicht mehr im Zelt. Stattdessen befand sich an der Seite des Zeltes ein langer Riss, den Andreas in der letzten Nacht nicht bemerkt hatte. Entweder war der Riss bereits entstanden, als wir mitten in der Nacht den Klopfgeräuschen lauschten, worauf Andreas den Riss im Dunkeln nicht mehr sehen konnte, oder aber der Riss entstand, als Andreas im Zelt schlief und nichts davon mitbekam. Auf jeden Fall eine beunruhigende Vorstellung. So begaben wir uns auf die Suche nach dem verschwundenen Rucksack.

Im Lager wurden wir während der Suche nicht fündig, aber unweit des Lagers, nicht weit von meinem Zelt entfernt, entdeckten wir hinter einem Gebüsch den Rucksack. Dies musste ungefähr die Stelle sein, von der aus ich in der Nacht das „Nabonga“ vernahm. Der Rucksack war in einem schlimmen Zustand, regelrecht aufgerissen, und der Inhalt befand sich zerstreut um den leeren Rucksack herum. Andreas war geschockt, wir anderen sehr beunruhigt.

Nachdem Andreas seine Sachen wieder zusammengesammelt hatte, fehlten ihm einige Teile seiner Ausrüstung aus dem Rucksack. Der größte Teil seiner Vorräte war geplündert, auch Messer und andere Gegenstände waren verschwunden. Theoretisch bedeutete dies an dieser Stelle bereits das Ende unserer Tour, denn der Verlust einer ganzen Tourration für eine Person ist bedenklich, vor allem so kurz nach Beginn der Tour.

Am morgendlichen Lagerfeuer, mit einer starken Tasse Instant-Kaffee, gingen wir nun unsere Optionen durch. Was auch immer am Zelt von Andreas war und den Rucksack entwendet und geplündert hatte, war für uns eine Bedrohung. Dies konnte jedem von uns passieren. Weder ich noch Klaus, da wir uns in der letzten Nacht die Wache teilten, hatten bemerkt, wer oder was sich am Zelt von Andreas zu schaffen machte. Und wer oder was war zu dieser Aktion überhaupt in der Lage? Waren wir alleine als Wandergruppe hier unterwegs, oder versteckte sich in den Wäldern ein anderer Mensch, der uns bedrohte? Oder war es ein Bär, der vom Geruch aus dem Rucksack angelockt wurde und sich so eine einfache Mahlzeit erbeutete? Und was war mit den Geräuschen in der Nacht? Fragen, die wir ausführlich diskutierten. Und dann kam die Frage auf, sollten wir weitergehen oder umkehren? Ein kaputtes Zelt und eine fehlende Nahrungsration sind eine ziemliche Beeinträchtigung. Bislang hatten wir mit dem Wetter auch Glück gehabt, es hatte nicht geregnet und die Temperaturen sind angenehm. Aber, und das war uns allen bewusst, hier kann sich das Wetter auch schnell ändern, die Temperaturen können abfallen und es kann zu starken Regenfällen kommen. Yuri hatte uns auch darauf vorbereitet. Mit ein Grund, weshalb für unsere tägliche Route nur 25 km eingeplant sind, da diese moderat zu meistern sind. Erstens wegen dem manchmal schwierigen Gelände, und zweitens dem Wetter. Sollten wir an einem Tag das Planziel nicht schaffen, z.B. wegen starker Regenfälle, könnten wir den Verlust an anderen Tagen wieder locker gutmachen. Wir haben zwar die Option das kaputte Zelt provisorisch zu flicken, aber ob dies dann auch schlechten Wetterbedingungen standhalten wird, ist eine andere Frage. Und natürlich, was schwerwiegender ist, haben wir mit einer fehlenden Ration überhaupt genug Nahrungsreserven, um unser Ziel zu erreichen?

Für den Notfall haben wir ein Funktelefon im Gepäck. Sollten wir uns also zur Umkehr entschließen, konnten wir Yuri kontaktieren, so dass dieser uns auch vorzeitig wieder am Startpunkt abholen kann. Unser Rückweg zum Startort wäre in zwei Tagen wieder zu erreichen, allerdings wäre unser kompletter Urlaub damit auch geschmissen.

Nach rund einer Stunde an Diskussion entschieden wir, dass wir unsere Tour vorerst fortsetzen wollen. Wir werden unsere Rationen etwas einschränken und teilen, dann sollte dies auch bis zum Ende der Tour ausreichend sein. Der Vodka, der Instant-Kaffee und die Teebeutel von Andreas waren zum Glück erhalten geblieben. Auch ein Teil der Dosen war noch vorhanden, der Dieb hatte zum Glück nicht alles mitgehen lassen. Ein Ärgernis, aber nicht wirklich bedrohlich. Allerdings werden wir ab der kommenden Nacht die Wachen verdoppeln, so dass immer zwei Mann beim Feuer bleiben.
Nach diesem ereignisreichen Morgen packten wir unsere sieben Sachen zusammen, um unseren nächsten Wegpunkt anzusteuern. Der Weg wird anstrengender, denn wir müssen bergauf durch einen Bergwald, raus aus dem Tal und rauf auf einen Berg, wo wir unser nächstes Nachtlager aufschlagen. Inzwischen steht die Sonne hoch am Himmel und es ist beinahe Mittag, bis wir unseren Weg fortsetzen. So müssen wir uns heute noch ins Zeug legen, bevor es dunkel wird.

Der Aufstieg aus dem Tal entpuppte sich als anstrengender als gedacht, denn der Pfad führt direkt durch dichte Baumbestände und teilweise stark aufsteigende Hügel. Wir waren etwa zwei Stunden unterwegs, als Klaus etwas seitlich voraus von uns etwas bemerkte. Nichts genau Identifizierbares, eher eine

Bewegung bei den Bäumen, aber für uns Grund genug langsam zu machen. Jan entsicherte schon einmal das Gewehr, falls gleich ein Bär auftauchen sollte. Doch nichts geschah. Weder eine Bewegung, noch ein Tier, alles schien völlig ruhig zu sein. So setzten wir unseren Weg fort.
Weit waren wir jedoch nicht gekommen, als vor uns etwas über die Lichtung im Wald sprang. Dies war definitiv kein Bär, denn es bewegte sich aufrecht und rannte mit großer Geschwindigkeit über die Lichtung. Wir konnten es nicht genau erkennen, aber gleich darauf ertönte unweit von uns wieder ein Klopfen, so als ob jemand mit einem dicken Knüppel gegen einen Baum schlägt. Einmal, kurze Pause, dann wieder. Wir versuchten alles mit den Augen abzusuchen, aber wir sahen nichts Ungewöhnliches. Und wieder ertönte das Klopfen, diesmal aus einer anderen Richtung. Gefolgt von einem lauten Pfeifen. Etwas knackte im Unterholz und schien sich zu entfernen. Kurz hatte es den Anschein, als ob sich ein dunkler Schatten zwischen den Bäumen bewegte, wirklich mehr Schatten als fester Umriss, dann war nichts mehr zu sehen.

Jan hob das Gewehr und feuerte einen Schuss in die Luft, so wie es Yuri angeraten hatte. Vögel stoben davon, aber das war auch schon alles. Der Schuss hallte von den Bergen mehrmals wieder, bevor das Geräusch verstummte. Aber sonst geschah nichts.
Wir sahen uns nochmals um, besprachen kurz die Situation und setzten hastig unseren

Weg fort, um unser Ziel auf jeden Fall noch vor der Dunkelheit zu erreichen. Wir wollten auf keinen Fall in der Dunkelheit schutzlos und ohne Feuer einer möglichen Bedrohung ausgeliefert sein.

Während der nächsten halben Stunde diskutierten wir ausgiebig über das Ding zwischen den Bäumen. Es war kein Bär, soviel stand fest. Konnte dies einer dieser Berggeister sein, oder ein Almas, von denen Yuri uns erzählte? Obwohl wir hastig liefen und ich schwitzte, lief mir bei dem Gedanken ein kalter Schauer über den Rücken.

Kurz darauf ertönte ein Schrei, gefolgt von einer Art Wort, jenem „Nabonga“, das ich bereits in der vergangenen Nacht hörte. Nur diesmal beinahe geschrien. Wir erstarrten. Und dann geschah es. Hinter einem Baum hervor trat ein Wesen auf die Lichtung, blieb stehen und starrte uns an. Dies war auf keinen Fall ein Bär, aber auch kein Mensch, auch wenn das Wesen menschenähnlich wirkte. Auf jeden Fall war es männlich, erinnerte etwas an einen übergroßen Schimpansen, aber wesentlich menschlicher. Der Körper mit dunkelbraunem Fell bedeckt, stand dieses etwa 1,60 m große Wesen einfach da, blickte uns an und zog etwas die stark betonten Augenbrauen nach oben. In der Faust hielt es einen Ast. Nach einem langen Blick auf uns, während wir wie erstarrt ebenfalls dieses Wesen anstarrten, fletsche es plötzlich die Zähne, hob den Arm mit dem Stock, schrie „Nabonga“ und schlug mit dem Stock auf den Boden.

Während wir nach wie vor entsetzt auf das Wesen starrten, sprang etwas von der rechten Seite aus dem Wald, direkt auf Jan mit seinem Gewehr zu. Noch bevor Jan reagieren konnte, wurde er von den Beinen gerissen und stürzte nach einem kräftigen Stoß zu Boden. Das zweite Wesen, das Jan aus dem Hinterhalt ansprang, packte sich dabei blitzschnell das Gewehr und verschwand damit auf der linken Seite des Pfades einfach im Wald. Das andere Wesen vor uns auf dem Weg tat es ihm gleich und spurtete davon ins Unterholz, wo es ebenfalls verschwand. Unser Entsetzen war groß. Jan lag fluchend auf dem Boden und unsere einzige Verteidigung war uns soeben direkt vor unseren Augen gestohlen worden.

Hastig eilten wir alle zu Jan und halfen ihm auf die Beine. Verletzt schien er nicht zu sein, fluchte aber immer noch. Panik machte sich breit und wir versuchten das soeben erlebte zu verarbeiten. Was sollen wir nun tun? Wir sahen uns mindestens zwei unbekannten Wesen gegenüber, die auch noch unsere Waffe hatten. Sollen wir danach suchen und unser Gewehr notfalls mit Gewalt zurückholen? Sollen wir zum nächsten Lagerplatz laufen und dort bis zum nächsten Tag ein Lager aufschlagen, um dann umzukehren? Oder lieber gleich den Rückweg antreten, wobei nicht sicher war, ob wir es noch vor der Dämmerung zu unserem letzten Lagerplatz zurückschaffen würden.

Wir entschieden uns, dass wir schnellstmöglich zum heutigen Zielpunkt marschieren und uns dort für die Nacht ein sicheres Lager mit Feuer errichten. Morgen würden wir in aller Frühe den Rückweg antreten. Also ging es hastig weiter.
Aber weit sollten wir nicht kommen. Nach etwa einem weiteren Kilometer hörten wir erneut das Klopfen. Wir hielten nur kurz an, um zu sehen woher das Geräusch dieses Mal kam, als Michael von einem Stein getroffen wurde und zur Seite taumelte. Schon kam der nächste Stein geflogen, traf nochmals Michael, der regelrecht zu Boden ging. Und plötzlich schien die Hölle loszubrechen. Von allen Seiten ertönte ein Brüllen, vor uns auf dem Weg standen plötzlich zwei dieser Wesen und bewarfen uns wild gestikulierend mit Steinen. Etwas weiter seitlich stand ein drittes Wesen und hielt ein kleines Kind auf dem Arm. Aber die Gefahr drohte nicht nur von vorne, vor allem von den Seiten prasselten immer wieder Steine nieder. Wir wurden regelrecht eingedeckt. Michael blutete aus einer Kopfwunde und taumelte schutzsuchend in den Wald, wir anderen suchten ebenfalls Schutz und versuchten ihm zu folgen.

In diesem Moment traf mich etwas am Kopf und ich taumelte benommen zur Seite, verlor den Boden unter den Füßen und stürzte, kullerte dabei mehrere Meter eine Böschung herunter.

Ich weiß nicht wie lange ich weggetreten war, aber als ich meinen Kopf anhob, war mir unheimlich schwindelig. Von den Anderen war nichts mehr zu sehen. Entfernt hörte ich das Klopfen gegen die Bäume, sonst schien alles still zu sein. Vorsichtig erhob ich mich und versuchte aufzustehen, was sich als recht schwierig erwies. Ich blutete am Kopf und alle Knochen taten mir weh. Aber was sollte ich nun tun? Ich musste meine Kumpels finden, um mit ihnen heil hier heraus zu kommen. Oder sollte ich mich alleine zum Lagerplatz durchschlagen? Nur hatte ich kein Funktelefon dabei, das sich im Rucksack von Klaus befand. Am sinnvollsten schien es mir in meiner Situation, mich erst einmal im Unterholz zu verstecken und abzuwarten. Irgendwann musste einmal Ruhe einkehren, dann würde ich versuchen die Anderen zu finden. Vielleicht waren diese auch schon auf der Suche nach mir.

So suchte ich einen guten Unterschlupf, in dem ich notfalls auch die Nacht verbringen konnte. Morgen Früh werde ich versuchen den Weg und die Anderen wiederzufinden.

Nun sitze ich hier und schreibe die Ereignisse der letzten Stunden nieder. Ich hoffe den Anderen geht es gut und sie sind wenigstens noch beisammen. Langsam wird es immer dunkler, aber ich wage es nicht ein Feuer zu machen und mein Zelt aufzuschlagen. Ich werde versuchen die ganze Nacht über wach zu bleiben und Wache zu halten. Sehen kann ich schon jetzt kaum noch etwas, aber ich kann etwas hören, das sich langsam nähert. Geräusche im Wald, und eine leise Stimme, die „Nabonga“ ruft...

Das Geheimnis im Wald

Yuri Kamenov wartete am verabredeten Tag am eingetragenen Treffpunkt auf die fünf Bergwanderer aus Deutschland. Eigentlich hätten diese bereits seit dem gestrigen Abend hier am Treffpunkt sein sollen und hier das letzte Nachtlager aufgeschlagen haben. Inzwischen wurde es Nachmittag und Yuri versuchte über das mitgegebene Funktelefon Kontakt mit der Gruppe aufzunehmen. Allerdings kam keine Antwort.

Besorgt setzte sich Yuri in den Wagen und hielt die ganze Nacht Wache, falls die Gruppe einfach zu spät dran war.

Am nächsten Morgen verständigte Yuri die Behörden, dass die Gruppe überfällig sei. Diese starteten noch am gleichen Tag eine Suchaktion mit Hubschraubern aus der Luft und einer Suchmannschaft am Boden.

Nach fünf Tagen fand man fünf entstellte Leichen in den Bergwäldern. Bei drei der Leichen waren die Schädel eingeschlagen, die beiden anderen wiesen mehrfache Knochenbrüche auf. Eine Identifizierung fiel schwer, da die Leichen bereits mehrere Tage im Wald lagen und von wilden Tieren verstümmelt und teilweise aufgefressen waren.

Das Jagdgewehr konnte ebenfalls unweit der Leichen gefunden werden. Aus der Waffe wurde ein Schuss abgefeuert, wie die spätere Untersuchung der Waffe zeigte.

Der abschließende Untersuchungsbericht geht von einem Wildtierunfall aus. Die unvorsichtigen Bergwanderer haben vermutlich auf einen wilden Braunbären geschossen und diesen verletzt. Der dadurch wütende und äußerst aggressive Bär habe anschließend die Gruppe attackiert und die fünf jungen Männer getötet.

Nach Ende der Untersuchung wurden die noch vorhandenen persönlichen Gegenstände an die Hinterbliebenen ausgehändigt.

Katrin Müller erhielt unter anderem das Tagebuch ihres verstorbenen Lebensgefährten...

Fiktion oder Realität?

Diese Kurzgeschichte ist reine Fiktion, basiert aber auf eigenen Erlebnissen und realen Ereignissen. Inspiriert wurde ich zu dieser Kurzgeschichte, als ich zusammen mit ein paar Freunden im Sommer 2013 in Georgien unterwegs war, mit dem majestätischen Kaukasus im Hintergrund. Dort hörte ich auch erstmals von geheimnisvollen Waldmenschen, den Almas, die in den Bergen und Wäldern des Kaukasus versteckt leben sollen. Auch die Geschichten von Bärenangriffen auf Menschen, die selten vorkommen, sind mit in die Idee eingeflossen. Als ich auch noch vom Vorfall am Djatlow-Pass las, bei dem 9 Bergwanderer im Ural unter mysteriösen Umständen getötet wurden, war diese Geschichte geboren.

Die von mir beschriebenen Almas oder auch Alma sollen tatsächlich in den unzugänglichen gebieten des Kaukasus lebende Wildmenschen oder überlebende Gruppen einer anderen Menschenspezies aus der Vorzeit sein. Es gibt etliche Hinweise und Zeugenaussagen, die auf diese Wesen schließen lassen.

Einige sehr faszinierende Details zur Geschichte dieser Wildmenschen konnte ich schließlich zusammentragen, als ich Kontakt zu Michael Schneider aufnahm, der mehrere Artikel über diese Wildmenschen geschrieben und Vorträge abgehalten hatte.

Im Jahr 1925 verfolgte Generalmajor Mikail Stephanovich Topilsky Truppen der weißrussischen Armee, die sich im Pamirgebirge im südlichen Russland versteckten. Die Männer entdeckten an einer steilen Klippe im Schnee Fußabdrücke, in der Nähe fanden sie auch die Überreste von vertrockneten Beeren. Als man den Spuren folgte, erklangen aus einer Höhle merkwürdige Geräusche. Da man in der Höhle den Feind vermutete, schoss man mit ihren Maschinenpistolen in die dunkle Höhle. Plötzlich taumelte ein wildes, haariges und menschenähnliches Wesen aus der Dunkelheit. Die Soldaten erkannten sofort, dass dies unmöglich einer der gesuchten Feinde sein konnte. Das Wesen gab merkwürdige Schreie von sich und fiel schließlich tot zu Boden. Außer an den Händen, den Füßen, Knien und im Gesicht war es überall stark behaart. Da die Soldaten das Wesen für einen verwilderten Menschen hielten, begruben sie diesen unter einem Steinhaufen.

Der Oberleutnant des Sanitätskorps Vazghen Sergejewitsch Karaetian, der im Jahre 1941 während des Zweiten Weltkriegs im Auftrag der Behörden einen vermutlich verkleideten deutschen Saboteur mit einer Untersuchung entlarven sollte, verfasste einen faszinierenden Bericht. Zu seinem Erstaunen handelte es sich nicht um einen deutschen Feind, sondern um eine vollkommen wilde Kreatur, fast gänzlich von dunkelbraunen Haaren, ähnlich einem Bärenfell, bedeckt. Im Gesicht war diese Kreatur so gut wie nicht behaart. Dieser Mann stand stark aufgerichtet da, seine Arme hingen am Körper herab. Mit etwa 1,80 Meter war er recht groß. Er stand steif, seine Brust nach vorne gedrückt. Die Augen hatten einen leeren Ausdruck, wie die eines Tieres. An seinem Körper befanden sich überdurchschnittlich große Läuse im Fell. Er konnte nicht sprechen, gab nur unverständliche Geräusche von sich. Die Untersuchung musste in einer kalten Scheune stattfinden, da dieses Wesen in normalen Räumen zu stark schwitzte. Es erweckte den Anschein, als zog dieses Wesen Kälte der Wärme vor. Der Sanitätsarzt erfuhr erst später, was mit dem Wesen geschah. Laut einem Minister wurde das Wesen wie ein Saboteur behandelt und standrechtlich Hingerichtet. Da der Krieg gegen die einfallenden deutschen Truppen nicht zum Besten stand, wurde keine Zeit mit der weiteren Untersuchung dieses Wesens vergeudet.

Im Jahr 1958 schuf die sowjetische Akademie der Wissenschaften eine Kommission zur Erforschung der Schneemenschen. Man verfolgte etliche Berichte von sogenannten Waldmenschen, Wildmenschen oder behaarter Menschen, die im Laufe der Jahre zusammengetragen wurden. Viele Berichte zeigten, dass besonders im Kaukasus häufig solche Wesen beobachtet oder gesehen wurden. Die Bevölkerung nennt diese dort „Almas". Man geht davon aus, dass die Erklärung des Überlebens mit der abgelegenen Bergregion in Verbindung steht. Die Eigenheiten des kaukasischen Lebensraums haben ihre Ökologie und Ethnologie tiefgreifend beeinflusst. Im

Gebirge waren diese Wesen regelrecht eingeschlossen und blieben den Klimabedingungen, die im Hochgebirge denen der letzten Eiszeit entsprechen, angepasst.

Im Jahre 1966 entdeckte man zwei Lager der Almas, versteckt hinter fast undurchdringlichem Gebüsch. Es handelte sich dabei um eine Art Speisekammer. Diese enthielt zwei Kürbisse, acht Kartoffeln, einen angenagten Maiskolben, zwei Drittel eines Sonnenblumenherzens, sowie Überreste von drei Äpfeln. Dazwischen lagen vier Pferdeäpfel, die vermutlich wegen ihres Salzgehaltes zur Nahrung gehörte. Im nahegelegenen Maisfeld hatten mehr als 30 unabhängige Zeugen ein etwa sechzehnjähriges Mädchen der Almas gesehen, das vermutlich auf Nahrungssuche war. Die von ihr hinterlassenen Zahnabdrücke sind wesentlich breiter als die eines normalen Menschen. Auch die Fußabdrücke des Mädchens ließen auf platte, nackte, nach innen gekehrte Füße schließen, so als ob dieses O-Beine hätte.

Im August des Jahre 1974 ging der vierzehnjährige Katajew am Ufer des Flusses Tschusowaja im Ural während der Nachtstunden entlang, als er plötzlich ein Plätschern und Stimmen vernahm. Eine dumpfe, wohl männliche Stimme, sowie ein schrilles metallisches Gelächter, offenbar von einer Frau stammend, erregten seine Aufmerksamkeit. Neugierig ging er näher. Am Uferrand im Gestrüpp versteckt beobachtete er, wie zwei menschenartige Wesen im Wasser badeten.

Der Mond schien hell und er konnte sehen, wie sie nach kurzer Zeit aus dem Wasser gingen und sich hinsetzten, etwa fünf bis neun Meter von dem Jungen entfernt. Er konnte von dieser Position aus sehr gut erkennen, dass die männliche Kreatur etwa zwei Meter groß war und die weibliche etwas kleiner. Der Mann hatte sehr lange und kräftige Arme, die Frau besaß große Brüste und einen hervortretenden Bauch, was vermutlich auf eine Schwangerschaft deutete. Nachdem sie eine Weile nur dagesessen hatten, ging der Mann zu einem Busch und holte eine Schale aus Birkenrinde hervor. Sie aßen aus dieser Schale und während des Essens konnte er hören, wie sie miteinander mit redeten. Allerdings konnte Katajew die Sprache weder deuten noch erkennen. Nach dem Essen half der Mann der Frau beim Aufstehen und sie gingen zum Fluss, in den sie die Schale warfen. Er urinierte, dann schwammen sie ungefähr fünfzig Meter auf die andere Seite. Am anderen Ufer angelangt trockneten sie sich und erklommen in wenigen Augenblicken eine steile Uferböschung. Erst nach zehn Minuten wagte der Junge sich aus seinem Versteck.

Die Expeditionsleiterin Marie-Jeanne Koffanns hatte im Jahr 1978 eine Reihe guter Fußabdrücke entdeckt, sie abgelichtet und ausgegossen.

Zwei Jugendliche mähten im Juli 1980 etwa 500 Meter der Fernstraße Naltschik-Pjatigorsk Gras. Quer über das Feld verlief eine erhöhte Wasserrinne, in der die Jugendlichen dann und wann ein kurzes Bad nahmen. Als sie zur Rinne schauten, sahen sie eine behaarte Kreatur, nicht viel größer als sie selbst, die am Rand der Rinne stand und sie ansah. Die Jungen erstarrten, während die Kreatur sie mit allen möglichen Possen unterhielt. So rannte das Wesen schnell am Rand der Rinne entlang, schlug Purzelbäume und vollführte andere Kunststücke. Die Jungen hatten den Eindruck, als sollten sie an diesem Spiel teilnehmen. Doch als die Jungen dies nicht taten, ging die anscheinend enttäuschte Kreatur fort.

Der wohl berühmteste Fall mit den kaukasischen Almas ist aber die Geschichte von Zana, die sogar unter Menschen lebte und Nachkommen auf die Welt brachte.

Die ersten Berichte von Zana wurden im Jahre 1962 vom Zoologen Prof. Alexander Maschkowtsew zusammengetragen und untersucht. Nach dessen Tod führte der sowjetische Wissenschaftler und führende Mitbegründer der Hominoidenforschung in der Sowjetunion, Boris Porschnew, die Untersuchungen weiter. Die grundlegenden Daten hierzu wurden von Porschnew in dessen Schrift *Der Kampf für die Troglodyten* zusammengefasst.

In Abchasien, im westlichen Kaukasus nennt man die bekannten Wildmenschen Abnauaju, ein regionaler Eigenname der Almas.

Zana war ein weiblicher Abnauaju, den man eingefangen hatte und zähmen konnte und an dessen Leben und Tod sich einige Menschen, die zur Zeit der Ermittlungen durch Alexander Maschkowtsew und Boris Porschnew noch lebten, erinnern konnten. Zana starb nach den Aussagen in den 1880er oder 1890er Jahren und wurde in der Nähe des Dorfes Tchina im abchasischen Distrikt Otschamtschiri beerdigt.

Genaue Beschreibungen oder gar feste Bezugspunkte zu ihrer Gefangennahme sind leider nicht bekannt. Einige sagten jedoch aus, es sei kein Zufallsfang gewesen. Die mit einer uralten Technik vertrauten Jäger haben sie gefesselt und, als sie sich wütend wehrte, mit Knüppeln auf sie eingeschlagen, sie mit einem Stück Filz geknebelt und ihre Beine an einem Holzklotz festgebunden. Vermutlich war sie bereits weiterverkauft worden, bis sie in den Besitz des Prinzregenten der Region Zaadan, D. M. Atschba, gelangte. Danach ging sie in den Besitz eines seiner Vasallen namens Tschelokua über, und später wurde sie dem Edelmann Edgi Genaba, der die Region besucht hatte, zum Geschenk gemacht. Er brachte sie, immer noch gefesselt und angekettet, auf sein Anwesen im Dorf Tchina an der Mokwa, 78 Kilometer entfernt von Suchumi.

Genaba brachte sie zunächst in einem sehr robusten Gehege unter, jedoch gebärdete sich Zana wie ein wildes Tier und man hatte Angst das Gehege zu betreten. Das Essen wurde ihr daher wie einem wilden Tier vorgeworfen. Sie grub sich ein Loch in die Erde, in dem sie schlief. Nachdem sie in den ersten drei Jahren in diesem wilden Zustand gelebt hatte, wurde sie allmählich zahmer und gewöhnte sich an die Menschen. Daraufhin zog sie in eine Einfriedung mit einem Holzzaun und einer Plane um, die in der Nähe des Hauses stand, zunächst noch angebunden, doch später durfte sie sich frei bewegen. Sie entfernte sich jedoch niemals weit von jenem Ort, wo man ihr Nahrung gab. Sie konnte beheizte Räume nicht ertragen und schlief das ganze Jahr über in einer Grube, auch bei schlechtem Wetter, die sie sich unter der Plane gegraben hatte. Die Dorfbewohner indes ärgerten sie mit Stöcken, die sie durch den Zaun steckten und auf Zana damit einstachen. Aufgebracht schnappte sie nach diesen, fletschte ihre Zähne wie ein wildes Tier und stimmte ein Heulen an.

Nach der Beschreibung war ihre Haut schwarz oder dunkelgrau, und rötliches bis schwarzes Haar bedeckte ihren gesamten Körper. Das Kopfhaar war zerzaust und wild und hing ihr wie eine Mähne den Rücken hinab. In all den Jahrzehnten, die sie mit den Menschen verbrachte, lernte Zana nicht ein einziges Wort sprechen. Sie gab nur unverständliche Laute, Gemurmel und Schreie, wenn man sie reizte, von sich. Allerdings reagierte sie auf ihren Namen, führte Befehle ihres Besitzers aus und erschrak, wenn er sie anschrie. Sie war an die zwei Meter groß, breit und stämmig, mit mächtigen Brüsten und ebensolchem Gesäß, muskulösen Armen und Beinen und Fingern, die länger und dicker waren als die des Menschen. Sie konnte ihre Zehen, vor allem den großen Zeh, stark abspreizen. Laut den Beschreibungen besaß sie ein furchterregendes Gesicht, mit hohen Wangenknochen, platter Nase, nach außen weisenden Nasenlöchern, schnauzenartigem Kiefer, breitem Mund und großen Zähnen, niedriger Stirn und Augen mit einem Stich ins Rote. Am meisten beängstigte aber wohl ihr vollkommen tierhafter und keineswegs menschlicher Gesichtsausdruck. Manchmal lachte sie spontan, wobei sie ihre großen, weißen Zähne zeigte. Diese waren so kräftig, dass sie auch die härtesten Walnüsse mühelos knacken konnte.

Zana lebte viele Jahre, ohne sich äußerlich großartig zu verändern. Sie bekam keine grauen Haare, keine ausfallenden Zähne, sie blieb kräftig und fit.

Ihre Körperkräfte waren enorm: Sie konnte schneller laufen als ein Pferd und auch dann die tosende Mokwa durchschwimmen, wenn sie bei Hochwasser heftig angeschwollen war. Scheinbar mühelos hob sie einen Mehlsack von achtzig Kilogramm mit einer Hand und trug ihn bergauf von der Wassermühle bis ins Dorf. Sie kletterte auf Bäume, um an das Obst zu gelangen, und um an leckere Trauben zu gelangen, riss sie die gesamten Reben ab, die sich um einen Baum wanden. Sie aß, was man ihr anbot (etwa Maisbrei und Fleisch) mit bloßen Händen und gewaltigem

Heißhunger. Überaus gern trank sie Wein, und nachdem sie ihre Ration erhalten hatte, schlief sie stundenlang in einem ohnmachtsartigen Zustand.

Sie liebte es, sich neben Büffel in eine kühle Schlammkuhle zu legen. Nachts durchstreifte sie gerne die Hügel in der Umgebung. Hunde und andere Gefahren wehrte sie mit dicken Stöcken ab. Sie zeigte eine merkwürdige Obsession mit Steinen zu spielen, die sie gegeneinander schlug und spaltete. Sie ging das ganze Jahr über schwimmen und zog es vor, auch im Winter nackt und unbekleidet zu sein. Kleider, die man ihr gab, riss sie in Fetzen. Nur einem Lendenschurz gegenüber zeigte sie sich toleranter und trug diesen auch. Gelegentlich ging sie ins Haus, doch die Frauen fürchteten sich vor ihr und näherten sich ihr nur, wenn sie sanftmütig gestimmt war. Im Zorn bot sie einen furchterregenden Anblick und konnte sogar zubeißen. Sie gehorchte allerdings Edgi Genaba, ihrem Besitzer, und er wusste genau, wie er sie gefügig machen konnte. Die Erwachsenen benutzten sie als Schreckgespenst für ihre Kinder, obwohl Zana niemals Kinder wirklich angegriffen habe.

Zana erlernte die Ausführung einfacher häuslicher Tätigkeiten, wie etwa Korn mahlen, Brennholz und Wasser holen, Säcke zur Wassermühle transportieren und ihrem Besitzer die Schaftstiefel auszuziehen.

Aber einer der interessantesten Aspekte dieses Falls beginnt mit der Geschichte ihres Nachwuchses. Zana gebar einige Menschenkinder, und dies ist der für die Genetik überaus bedeutende Aspekt ihrer Lebensgeschichte. Sie wurde mehrmals von verschiedenen Männern geschwängert.

Nachdem sie ohne Hilfe entbunden hatte, wusch sie das Neugeborene stets in der kalten Wasserquelle. Die Mischlingskinder überlebten diese Waschungen allerdings nicht. Nach den nächsten Entbindungen begannen die Dorfbewohner damit, ihr die Neugeborenen rechtzeitig wegzunehmen und sie selber aufzuziehen. Dies geschah viermal, und die Kinder, zwei Söhne und zwei Töchter, wuchsen wie gewöhnliche, normal entwickelte Menschen mit Sprachvermögen und Vernunft heran. Zwar sollen diese einige merkwürdige körperliche und geistige Eigenschaften besessen haben, doch sie waren vollkommen zur Teilnahme am Arbeits- und Gesellschaftsleben fähig.

Der älteste Sohn hieß Dsanda, die älteste Tochter Kodsanar. Die zweite Tochter war Gamasa und der jüngste Sohn Chwit (auch Khwit oder Kwit geschrieben), der nachweislich 1954 starb. Alle hatten wiederum eigene Kinder, die sich über ganz Abchasien zerstreuten.

Es gab das Gerücht, der Vater von Gamasa und Chwit sei niemand anderes als Edgi Genaba selbst gewesen, doch bei einer Volkszählung wurden sie unter einem anderen Zunamen registriert und trugen fortan den Familiennamen Sabekia. Allerdings gibt es zu denken, das Zana auf dem Friedhof der Familie Genaba bestattet und das ihre beiden jüngsten Kinder von Genabas Frau aufgezogen wurden.

Gamasa und Chwit waren beide sehr stämmig und dunkelhäutig, hatten aber, was das Gesicht anbetrifft, kaum etwas von Zana geerbt. Der Teil aus menschlichen Merkmalen, die sie von ihrem Vater geerbt hatten, hatte sich bei ihnen gegenüber der mütterlichen Linie durchgesetzt. Chwit, der im Alter von 65 oder 70 Jahren starb, unterschied sich nach der Beschreibung der Dorfbewohner kaum von anderen Menschen, abgesehen von einigen kleineren Abweichungen. Er war äußerst kräftig, schwierig im Umgang und reizbar. Bei einer der zahlreichen Schlägereien, die er sich mit seinen Mitbürgern lieferte, verlor er seine rechte Hand, doch die linke reichte ihm vollkommen zum Mähen und weitere Arbeiten auf einer Kolchose und sogar zum Klettern auf Bäume. Im Alter zog er in die Stadt Tkwartscheli. Doch nach seinem Tod wurde sein Leichnam nach Tchina überführt und dort bestattet.

Boris Porschnew hatte zudem die Gelegenheit zwei der Enkel von Zana noch selbst zu befragen und zu untersuchen. Da man den ungefähren Ort der Bestattung kannte, war also der nächste logische Schritt die Suche nach den sterblichen Überresten von Zana.

Porschnew leitete mehrere Expeditionen zum vermutlichen Grabhügel. Nach dessen Tod wurde diese Aufgabe von Igor Burtsew, einem Mitarbeiter von Porschnew, fortgeführt. Burtsew unternahm ebenfalls mehrere Grabungsexpeditionen auf der Suche nach dem Skelett von Zana beim Dorf Tchina. Man fand mehrere Überreste von Enkeln von Zana, doch von ihr selbst fehlt bis heute jede Spur.

Als man das Skelett von Zana nicht finden konnte, machte man sich schließlich daran das noch gut erkennbare Grab ihres Sohnes Chwit zu öffnen und dessen Überreste zu bergen. Der exhumierte Schädel von Chwit wurde schließlich von Burtsew nach Moskau verbracht und von den beiden Anthropologinnen M. A. Kolodjewa und M. M. Gerasimowa untersucht.

Die Anthropologin Kolodjewa verglich Chwits Schädel mit den männlichen abchasischen Schädeln des Anthropologischen Instituts der Moskauer Staatsuniversität und stellte signifikante Unterschiede fest. Das Exemplar, als Tchina-Schädel bezeichnend, schreibt sie: *„Der Tchina-Schädel zeigt eine eigentümliche Kombination moderner und altertümlicher Merkmale. (...) Die knöcherne Gesichtspartie ist im Vergleich mit dem abchasischen Durchschnittstypus signifikant größer. (...) Sämtliche Messwerte und Indizes des entlang den Augenbrauen gemessenen Schädelumfangs sind größer, nicht nur als die der abchasischen Durchschnittsserie, sondern übertreffen sogar* *die maximale Größe einiger untersuchter fossiler Schädel (oder waren zumindest mit diesen vergleichbar). Der Tchina-Schädel kommt den neolithischen Wownigi-II-Schädeln aus der fossilen Reihe am Nächsten.“*

Die Anthropologin Gerasimowa gelangte zu diesen Schlussfolgerungen: *„Der Schädel offenbart nicht wenige Besonderheiten, eine gewisse Disharmonie, eine Unausgewogenheit seiner Merkmale, sehr große Abmessungen des Gesichtsschädels, stark erhöhter Schädelumfang und Eigenheiten hinsichtlich der nichtmessbaren Merkmale (die beiden Foramina mentale im Unterkiefer, die intrusiven Knochen in der Sagittalnaht und das Inkabein). Der Schädel verdient eine umfassendere Untersuchung.“*

Interessant sind hier vor allem die Untersuchungsergebnisse des Schädels von Chwit, die einige eher prähistorisch anmutende Besonderheiten aufzeigen.

Das Zana wirklich existierte, scheint außer Frage zu stehen. Vielmehr stellt sich die Frage, ob Zana lediglich ein verwilderter Mensch (Wolfskind, Feral Children) und deshalb keiner sozialen Bindung gegenüber den Menschen fähig war, oder ob sie tatsächlich ein Relikthominoide, also ein enger Vorfahr oder Verwandter des modernen Menschen gewesen sein könnte?

Da sie eine große Menge an Nachwuchs mit normalen Männern zeugte, ist diese Fragestellung wirklich berechtigt. Genetisch betrachtet müsste ein überlebender Relikthominoide uns schon recht nahe stehen, um überhaupt genetisch kompatibel zu sein und sich sogar mehrfach erfolgreich befruchten zu lassen. Schon eine etwas größere genetische Abweichung wäre inkompatibel. So ist es z.B. nicht möglich einen Mischling aus Schimpanse oder Bonobo mit einem Menschen auf natürliche Art zu zeugen, auch wenn deren DNS zu 98% mit der menschlichen DNS übereinstimmt. Nicht dass der Geschlechtsverkehr untereinander nicht möglich wäre, einzig der genetische Unterschied macht eine erfolgreiche Befruchtung und Zellteilung recht unwahrscheinlich.

Heute wissen wir, dass zumindest der Neandertaler uns biologisch gesehen so nahe stand, das er sich mit dem Homo sapiens vermischen konnte. In den Europäern steckt bis zu vier Prozent an Neandertaler-DNA. In wie weit dies auf andere Seitenzweige und Vorfahren der menschlichen Entwicklung noch zutrifft, etwa auf den Homo erectus, lässt sich nur schwer sagen. Aber je ähnlicher die Entwicklungsstufe, desto größer die Wahrscheinlichkeit einer erfolgreichen Vermehrung und genetischen Kompatibilität.

Oder war Zana eine normale Frau, die eventuell aufgrund einer Krankheit oder Fehlbildung von ihren Eltern in der Wildnis ausgesetzt wurde und dort verwilderte? So bietet z.B. die Beschreibung des Haarwuchses die Möglichkeit einer Erkrankung an Hypertrichose, was die Eltern dazu veranlasst haben könnte das junge Mädchen einfach auszusetzen. Ähnliche Fälle gibt es weltweit, wie die vielen Fälle von Wolfskindern sehr deutlich belegen. Als Hypertrichose oder Hypertrichosis bezeichnet man das Symptom einer über das übliche Maß an geschlechtsspezifischer Behaarung hinausgehende Haardichte, bzw. eine Behaarung an sonst stets unbehaarten Stellen. Die Hypertrichose kann lokal begrenzt an einzelnen Stellen auftreten (beispielsweise als behaarter *Nävus pilosus*, Tierfellnävus) oder den gesamten Körper mit Ausnahme der Fußsohlen und Handflächen betreffen. Letzteres kann als angeborenes Syndrom bei Fortbestehen der fetalen Lanugohaare auftreten und bietet dann das medizinhistorische Bild der sogenannten „Wolfsmenschen".

In diesem Falle wäre eine normale Empfängnis auch kein Problem. Allerdings haben wir hier wieder die Untersuchungsergebnisse des Schädels von Chwit, der weitere Abnormitäten aufweist. Diese könnten aber auch auf einen erblich bedingten Gendefekt rückführbar sein.

Letztendlich bleibt dieser Fall auch weiterhin ungeklärt, aber außerordentlich faszinierend. Das Geheimnis verbirgt sich auch weiterhin tief in den Wäldern und Gebirgen.

Verwendete Quellen

Für die Beschreibung der Almas wurde auf folgende Quellen zurückgegriffen:

* *Der Fährtenleser*, Ausgabe 9, 2010

* Michael Schneider, *Spuren des Unbekannten*, 2008

Der Autor

Michael Wolf wurde im Jahr 1992 in Hannover geboren. Seit seiner Kindheit schreibt er Kurzgeschichten, die in verschiedenen Anthologien veröffentlicht wurden.

Wolf lebt mit seiner Frau und Tochter heute in der Nähe von Hannover und arbeitet als Bürokaufmann bei einem Handelsunternehmen.

www.ingramcontent.com/pod-product-compliance
Lightning Source LLC
La Vergne TN
LVHW052103160826
845678LV00015B/3341

* 9 7 8 3 9 6 6 8 9 0 9 3 9 *